INES CON DÍVEL

Julia Frischlander

LETRAMENTO

Copyright © 2022 by Editora Letramento
Copyright © 2022 by Julia Frischlander

Diretor Editorial | **Gustavo Abreu**
Diretor Administrativo | **Júnior Gaudereto**
Diretor Financeiro | **Cláudio Macedo**
Logística | **Daniel Abreu**
Comunicação e Marketing | **Carol Pires**
Assistente Editorial | **Matteos Moreno e Maria Eduarda Paixão**
Designer Editorial | **Gustavo Zeferino e Luís Otávio Ferreira**

Todos os direitos reservados. Não é permitida a reprodução desta obra sem aprovação do Grupo Editorial Letramento.

Dados Internacionais de Catalogação na Publicação (CIP) de acordo com ISBD

F917	Frischlander, Julia
	Inescondível / Julia Frischlander. - Belo Horizonte, MG : Letramento, 2023.
	90 p. ; 14cm x 21cm.
	ISBN: 978-65-5932-270-1
	1. Literatura brasileira. 2. Poesia. I. Título.
2023-52	CDD 869.1
	CDU 821.134.3(81)-1

Elaborado por Vagner Rodolfo da Silva - CRB-8/9410

Índice para catálogo sistemático:
1. Literatura brasileira : Poesia 869.1
2. Literatura brasileira : Poesia 821.134.3(81)-1

Rua Magnólia, 1086 | Bairro Caiçara
Belo Horizonte, Minas Gerais | CEP 30770-020
Telefone 31 3327-5771

editoraletramento.com.br ▲ contato@editoraletramento.com.br ▲ editoracasadodireito.com

Dedico este à minha melhor amiga e avó (in memoriam),
a estrela mais brilhante em qualquer plano.

Sumário

9 **1 CAPÍTULO**

27 **2 CAPÍTULO**

45 **3 CAPÍTULO**

63 **4 CAPÍTULO**

1 – era uma vez
2 – janeiro
3 – cura
4 – desejo
5 – antônimos
6 – vitalício
7 – imensidão
8 – em festa
9 – flor da noite
10 – transparência
11 – voz rouca
12 – sistema
13 – rota de fuga
14 – calmaria
15 – respeitável público

1.

Era para ser uma única vez,
como em todas as histórias
simples e palpáveis

Incomuns vibrações e
sentimentos exagerados,
tomaram posse do espaço

Unidade limitada,
o encaixe perfeito,
produzida sob medida

O mundo clama
por nossos ensinamentos
e respiros apaixonados

Viver para manter essa chama
acesa e protegida,
como se fosse a
última faísca do sistema

até morrermos de amor.

2.

Gentileza e sutileza
não são adjetivos
do seu dicionário

é arte,
não clama por
ações delicadas

Indispensável é
a missão de
causar sentimentos

e isso você domina.

3.

Encantada,
desde o primeiro olhar

Ponto de partida é
teu formato de amor,
o final é próximo a
esquina das tuas manias

Curvas que embaraçam
meu sentir e refletem
teu corpo no meu

4.

Não fique apavorada
com meu olhar latente

não será preciso desvendá-lo.

domino
e posso ensinar
mil e uma maneiras
de usar
a boca

5.

Sobre você me
apresentar o a sós
e eu gostar de ficar

Sensação de leveza,
cientes da grandeza
do nosso nó

Especialistas em assustar
os que tanto temem amar

6.

Quando nos beijamos,
o mundo diminuiu
a velocidade
de rotação

gosto de coragem,
me faz querer
tudo em dobro

nosso tempo é eterno.

7.

Não era teu nome
o escrito na caixa
do meu sapatinho de cristal

ainda assim,
seu brilho ofuscou
e distorceu os demais

8.

Me despertou vontades
a longo prazo

Pedaços meus
somados à remendos teus

Tecido que nos
envolve e protege
de qualquer
chuva de meteoros

9.

Sou tudo que expande
todo amor que posso
qualquer vida que exista

sou sangue e brilho

10.

Circunstâncias perfeitas,
que resumimos a
corpos colados
em um chão qualquer,
ao som da nossa
música favorita

momentos combustíveis,
um estoque deles

11.

Montei uma máquina do amor
que vai me desmontar
peça por peça

O mais perigoso
é não me arrepender
de nós

12 .

Os olhos castanhos,
trem sem freio
no nosso espelho

rasgam a alma,

me encontram
e fazem sentir
o universo

que somos nós.

13.

Te pertenço
tão imensuravelmente,

que me imagino
deixando o mundo
sem respostas,

para preencher o nosso.

14.

Aconchegar no colo
de alguém
que lhe conhece

a ponto de saber das
infelicidades escondidas

através do falso riso.

15.

Se o olhar
se tornar
mais potente
que o tocar...

se as mãos
gostarem da
junção de almas...

se a felicidade
tiver como fonte
um só sorriso...

é o início do espetáculo.

capítulo 2

1 – cartas com o olhar
2 – entrega
3 – vertentes
4 – segredo
5 – temporário
6 – risco de queda
7 – vício
8 – duas princesas
9 – ponteiros
10 – fúria
11 – abandono
12 – copo vazio
13 – ruído branco
14 – amar em dobro
15 – tatuagem

1.

Frequência me
descentra e
incendeia

juras feitas
transparecem
a aparência

digitais me
sabotam
o fôlego

2.

Não consigo me desfazer
dessa vontade insana
de ter você

Não é como
se eu não tentasse

Mas acho que talvez
quem sabe
eu só não queira

Apesar de tudo
eu queria querer

Na verdade
só te queria aqui
e agora

3.

Posso lhe dar um beijo
Ou chorar em seu colo

Varia

Se desejas que eu vá antes de amanhecer
Ou fique pro café

4.

Hoje deu vontade
de me enfiar
embaixo da cama

me esconder de mim,
fugir de você

fingir que te esqueci

5.

O nosso prazo de validade
me impede de acreditar
nas juras que teima
em me fazer

6.

Imaginando se algum dia
conseguirei transparecer
o quanto de mim
lhe pertence

Sou tão nova
e já sou tão
tua.

7.

Fui alertada
sobre o perigo de
drogas nas avenidas,
nunca sobre
olhos castanhos
e uma respiração.

8.
Casa comigo.

Vamos pintar os quartos da nossa casa,
ficar com mais tinta que as paredes,
beber vinho e dançar música lenta,

me deixa
imaginar um
para sempre

9.

Sentimentos honestos
em momentos errôneos,
a combinação mortífera

que corrói meu corpo.

10.

Fogo em seus olhos,
gelo em suas palavras

vestiu a escuridão,
como se fosse um
simples vestido preto,

e me causou um temporal.

11.

E então,
a essa altura,
você desligou
suas emoções,

e não desatou
minhas amarras.

12.

Tínhamos o costume
de nos costurar,
e cada tom exalava intensidade

ou era apenas o que
eu sonhava em vivenciar...
muito tentei fugir
dessa percepção

na verdade,
eu sentia ao quadrado,
na falha tentativa

de preencher tua ausência

13.

Você e essa mania
de me perguntar todo o tempo
o que me falta

é infantil da sua parte
achar que satisfaria meus anseios

escrevo por isso

tenho que conviver
com essa minha angústia pela vida

essa fome insaciável
de pisar por todas as areias
de norte à sul

14.

Assisti nosso
mundo incendiar

me ardi
em lágrimas
dos pés ao topo

e tua pele
sequer sentiu
o calor das
minhas faíscas.

15 .

Só não se esqueça
das noites
onde o nosso nó
era a única certeza

capítulo 3

1 – maldição
2 – relógio de parede
3 – te sei
4 – calmaria
5 – nudez
6 – carnaval
7 - mensagem
8 – jogo sujo
9 - exposta
10 - abandono
11 - você não é ela
12 - saída de emergência
13 - mundo ideal
14 - somos 3 corações
15 - cratera

1.

Das tantas milhões
de coisas para compartilhar,
escolho alertá-los;

aumentar a potência do amor por ela
não foi suficiente
para me buscar
do meu próprio inferno

2.

Medo em aguardar
por algo que jamais
me pertencerá

e acabar congelando
na sala de espera

das suas vontades interrompidas.

3.

Te escuto dissertando mentiras
como se apagasse
tudo que já fez, me faz
e sei que tentará mais vezes

será que poderia
ao menos inovar
na forma como
tenta me enganar?

4.

Acabo de concluir,
sou um clarão,
vivo das obviedades

e se não enxerga,
paro aqui de me desculpar
por erros seus.

5.

Desde a primeira troca
senti suas faíscas queimando minha pele
e em um prazer quase suicida
me permiti dilacerar.

6.

Todas as vezes
que se recusou a ir comigo
à algum lugar

encontrei pessoas
pelas ruas
que fariam questão
de serem companhia
nas voltas
da minha vida.

7.

Se eu voltasse
seria minha a honra
por me desprezar friamente

mas esse posto
já te pertence

8.

Te assisti chamar de loucura
os tratamentos rudes alheios
iguais aos que sempre me fez

por
que
você
não
me
enxerga?

9.

Por que eu
me adoro tanto
ao acordar

e
depois de te ouvir

me deito questionando
meus detalhes
um a um?

10.

Era importante para mim
quando ainda se importava
com a cor do esmalte
que usaria para te encontrar.

Por que
você não
cuidou da gente?

11.

Se tivesse usado outro trem
Se tivesse acordado mais cedo
Se tivesse mudado de cidade antes

Talvez, mas só talvez

Eu conseguisse enxergar
o verde dos seus olhos
sem lembrar da imensidão
dos castanhos dela.

12.

Sobre aquele brinco
que me deu
e talvez nem lembre

O carrego comigo....
as vezes preciso
me sentir perto
de novo

Uma forma
que encontrei
de respirar.

13.

Não sei lidar
com esse amor
tão jovem e tão maduro

Me dói te assistir
na mesma página

Seria mais fácil
se você não sentisse
não quisesse
não lembrasse

Melhor seria
se eu não te amasse tanto assim.

14.

Quando me pediu para escolher,
sei que já sabia o que ia acontecer

É covarde da sua parte
usar tudo que me assistiu
para me dilacerar.

15.

Ninguém merece
conviver com
a ausência
da presença
do mínimo.

capítulo 4

1 - farsa
2 - castigo
3 - mutilada
4 - sangue quente
5 - 3am
6 - o tempo cura?
7 / 8
8 - valsa
9 - não posso ser sua
10 - obsessão
11 - aeroporto
12 - aparências
13 - malas prontas
14 - vitrola vermelha
15 - peneira
16 - posse
17 - ao infinito
18 - sangue
19 - círculo
20 - para você
21 - manutenção
22 - meu bem-querer
23 - casa número 5
24 - arrependimento

1.
Sei que prefere
estar com alguém
que não te conhece
com transparência

ofende menos as feridas

2.

Sobre a pessoa que se foi,
me condenando a nunca esquecer

deixando mil palavras entaladas aqui

3.

Deixar um poeta sem palavras
foi parte dos crimes que te assisti cometer
contra minha razão

4.

Posso estar
em sua cabeça
ou em seu corpo

sigo sempre
te queimando
por dentro

5.

Conhecer alguém que me faz duvidar
de tudo que vivi

é um dos motivos
pelo qual durmo sem descansar

6.

Você é o assunto encerrado
mais ardente que sobrevive
em minh'alma

se questionam sobre você,
discretamente minto e
comemoro que está bem,
como se eu soubesse

não tenho ideia,
e por amor a mim,
não busco descobrir

7.
Nosso amor
ainda faz
com que eu
me pegue
escrevendo sua inicial
num espelho embaçado
qualquer

8.

Mande uma mulher para mim

Uma com quem eu possa dançar

Dançar como um dançarino

Dançarino como eu

9.

Sei que
essas cicatrizes
me pertencem

Já aprendi a
cuidar sozinha

Só peço que
não arranque
os curativos.

10.

Toda vez que ela se vai
sinto meu corpo querer
amá-la por mais tempo

me resto

o que sobra é
desvendar novas formas
de gritar seu nome

11.

Acho que se esqueceu
como as coisas eram
antes de mim

Espero que
se lembre
a tempo
para me impedir
de entrar
no avião

12.

Tantas coisas sobre mim
que você fingiu
se importar

Me diga,
como é levar
uma desconhecida ao altar?

13.

Não sei te explicar
o tanto que falta

Não que tenha perguntado,
e não que fosse tentar resolver

Mas quando eu for,
você vai jurar que sim.

14 .

Quando eu cansar,
e sei que está próximo,

Desejo que você pense
em mim
todas as vezes
que tocar
Ana Carolina.

15.

Se algum dia
tivesse coragem
de ler tudo que escrevo

Saberia que só
chega em seus ouvidos
o que não aguento mais
carregar como fardo

E mesmo assim
você ainda diz
que falo muito.

16.

Parece que só faz questão de me amar
quando alguém enxerga em mim
tudo que é descartado
por você

17.

Sonho em rodar o mundo
alastrar meu sentir por todos os cantos

Mas viver nada seria

Sem bebermos nossos vinhos
jogadas pelos corredores
de hotéis à bordeis

Varando as noites
celebrando a sorte
no quarto 1734

18.

É quase como se
tudo que sou
te incomodasse
um pouco

Escrevi em tom de incerteza
para machucar menos

19.

A gente se desentende
todos os dias
e se reencontra
em todas as vidas

20.

Essa é algo
que ninguém sabe ser

Arriscaria escrever um livro
contando sobre ela

E ainda assim,
me faltariam
maneiras de dizer

21.

Talvez não seja
só sobre o sentir

E sim sobre sua pequeneza
por acreditar que
no infinito
poderíamos brilhar juntas

Nunca nos encaixamos,
jamais iremos

O que falta aqui
não tem conserto

22.

Eu não paro,
mas deveria

Nem que fosse
só para tentar lembrar
quem era
antes de você

Me esqueci
em alguma estante

E não encontro mais

23.

De longe reconheço
o timbre da sua voz

As vezes o vento
me faz lembrar

De você colada
ao meu ouvido

24.

Será que existe
no meio do seu calendário
essa quarta-feira de chuva
que tanto almejo

um dia do seu rodízio
que te fará
chegar mais cedo em casa
e tomar uma taça
do nosso vinho favorito

e alguns goles depois
sentada no tapete da sala

sentirá enfim
que te deixar livre

foi meu maior
e mais doído
ato de amor

- editoraletramento
- editoraletramento.com.br
- editoraletramento
- company/grupoeditorialletramento
- grupoletramento
- contato@editoraletramento.com.br

- editoracasadodireito.com
- casadodireitoed
- casadodireito